KB264548

바다의 이삭이 흙으로 들다

바다의 이삭이 흙으로 들다

이상인 제5시집

문화앤피플

차
례

3부. 그리운...

1부

피고 지는...

바다의 이삭이 흙으로 들다

1.
나는 평온한 안식을 보았네
나에게는 바다가 나의 흙이었다네

아비의 흙으로 들어, 내가 떨구어져 누운 것에
아비가 늘 아리어했음을 나는 이제 안다네

아비의 몸을 빌려 태어나 바다의 이삭으로 구불다가
향내 들큼하고 보드라운 흙을 만나,
나 또한 한 숭어리의 이삭을 낳았다네

아비의 씨앗이 열려, 꽃이었다가 이삭으로 패었다가,
이삭으로 흩어졌다가
(아, 정녕 향기 한 번 제대로 뿜었던가)
그야말로 자투리로 되었다가……

그러나 나는 아비의 이삭이었기에
가지의 이삭으로 흐드러지게 매달렸을 봄날에는,
그 봄날에는
한 번쯤은 으쓱해지기도 하였었네

2.
이삭에겐 안식인 흙
나는 이제 바람에 불리어, 흙이 된 아비에게 들어가려
한다네

바다가 있는 이 행성에서 아비의 이삭으로 자라나
이삭이 이삭을 낳고, 이삭을 낳은 모태로 돌아가 남겨
진 이삭의 거름이 될 뿐이네

아비의 이삭이 나의 이삭으로, 자식의 이삭으로
삶이 그렇게 잘 건너갈 수만 있다면

저 너른 바다와 뭍의 경계, 한 귀퉁이를 뒤란 삼아
바다의 흙으로 들어가고자 한다네

흙으로 수렴되어 가는 내 죽음의 형식도
그리 흉 질 것은 없을지니,
원래 내가 흙으로부터 왔느니……

나이테

나이테를 한자어로 목리木理라 한다
몽니로 읽히는 木理, 이 얼마나 세련된 이치인가
사람이 나이가 들면
켜켜이 쌓인 아집으로 몽니를 튼다

그루터기의 나이테를 보아라
처음의 간격은 좁았으나 나중의 그것은 얼마나 너그러
운가
나이 잘 먹은 태態
나이 먹으면서 깊어지는 관용, 아름다운 질서
어디에서 몽니를 보겠느냐

켜와 켜 사이 숱한 고난과, 환희를 만났던 다른 파장의
문양들,
켜켜이 빨아올린 세월의 다른 물,
그러나
언제나 푸른 잎과 꽃을 피워내었던 일관을 보아라

나는 더 좁아지기 전에

조용히 파문처럼 퍼져 나갔던 나이테를 닮고 싶어라

나무의 중심을 죽음*이라 했나

저 단단한 심재에 나를 묻고 싶어라

수목에 잠드는 장葬처럼……

*나무의 중심은 죽음: 손택수의 「녹색평전」에서.

누

사바나의 가뭄에 누가 운다
대지의 마른 파장이 길게 길게 운다
초원의 굶주린 눈망울들이 사바나의 江을 건너려 한다

강어귀에서 멈칫거리는 누
누는 안다. 선택적 죽음이 기다리는 강을
그래도 건너야 하는 것이다

필사적으로 뛰어내리는 누
누 떼에 밟힌 강물이 파닥거릴 때
악어 아가리에 목덜미 물린 누 한 마리가 강물보다 더 파
닥거린다

다른 누 떼의 도강을 위한 불가피의 한 죽음
신의 외면인가
누우-

누 떼가 강을 건넜다

수렁보다 깊은 언덕의 중력이 누 떼를 끌어 내린다
이편의 강물이 퍼덕거린다
또 한 상床의 제물을 기다리는 악어

도강의 언덕을, 나락보다 깊은 중력을 뚫고
선택적 생존들이 광활한 녹초지를 향해 순례처럼 차분히
걸어간다

누가 왔다
아프리카여 사바나여 누가 왔는지 보아라

이편에서 저편으로, 건조에서 습으로 끝나지 않을
또 하나의 순환 여정을 시작하러
생명을 버리고 선한 생명들이 돌아왔다

누가 누우- 하고 초원을 울었다

266일의 밤바다

초음파 스캐너의 감지
자궁의 밤 바다에 얕은 파도와 월광, 월령 三주의 배아가
달빛 윤슬과 노닌다

착상의 맥은 아직 희미하지만
곧 모스부호 같은 분명한 안착 신호음을 보내올 것이다

달을 처음 밟은 우주 비행사의 생명줄 같은 탯줄을 배꼽
에 장착시키고
눈을 감은 태아가 우주 공간처럼,
흔들리는 밤바다 같은 만수위의 양수 안을 유영하리라

봄에 든 아이, 여름에 든 아이, 가을에 든 아이, 겨울에 든
아이
한 계절만 빼고 양수 안에서 자라났을 뼈와 심장,
머리를 지상으로 향할 것이다

탯줄로 받은 것은 자양뿐이었을까,

어떤 이념은 없었을까?

266일의 순례와 미지의 결과
다만 그 과정은 누구에게나 소중한 것
울고 있었거나 웃고 있었거나 어미는 모를 뿐, 아비는
더욱 모를 뿐

시방 심장은 두터워지고 뼈는 자라나서
아이는 문을 두드릴 것이다

이윽고 문이 열리며, 266일의 뜨거운 양수가 쏟아지고
젖은 머리와 열 손가락, 열 발가락이 지상에 안착했다

266일 동안 어두운 밤바다에서 지낸,
세상의 모든 아가들아
지상에서 맑고 곱게 잘 자라거라

그루터기

숲길을 거닐다 벌목당한 그루터기를 보았습니다. 나는 그것의 연륜을 알아보기 위해 그루터기의 나이테를 셈하여 보았는데 마흔 칸의 촘촘한 거리, 사십 년을 장엄하게 숲을 이루던 심재가 일순에 간벌당한 것이었습니다. 간벌당한 나무와 그 이웃의 나무는 햇볕과 바람을 나누며 같은 하늘을 이고, 수많은 세월을 같이한 동무였겠지요? 간벌의 대상은 너 아니면 나였겠지요? 명예퇴직이 없는 숲의 세계는, 그야말로 비정합니다.

우리가 사는 세상에도 선택받은 자와 버림받은 자가 있습니다. 간택받을 자와 버림받을 자의 운명이 뚜렷해지는 무작위의 결정, 숙명인가요 운인가요? 실은 끗발 아닌가요?

어떤 역린을 해야 저리도 무참하게 베어지는지요? 그루터기에 앉아 하염없는 생각에 잠기고 있을 때, 오래 전 베어진 그루터기에 어디에선가 옮겨와 엉긴 이끼가 자리를 잡았네요. 버림받고도 내어주는 이타의 따스함, 배워야겠어요.

아직 그루터기 밑에는 실뿌리가 살아 있는 듯합니다. 그
루터기 옆구리에 뻗어난 가느다란 가지에, 나뭇잎 몇 달려
있군요. 의미 없는 탄생이 아닐지 마음이 시려웠습니다.

키 작은 들꽃의 낙화

5센티의 꽃대궁도
키 작은 들꽃에게는 벼랑이다, 천애의 절벽이다

풀잎 사이에 이는 순풍도
왜소 들꽃에게는 거친 폭풍일 때도 있으니

보았는가, 눈여겨보았는가
온몸으로 뛰어내리는 5센티 고도의 낙화를,
꽃잎의 산란散亂을, 누운 풀잎과의 해후를……

들었는가, 귀담아들었는가
심장 울리는 착지의 소리를,
안착한 꽃잎에게 보내는 풀잎의 박수 소리를……

내가 내 인생의 벼랑에서 내려와 눕는 일
키 작은 들꽃의 착지와도 같은 일
다만, 갈채 없이 떠나는 일

봄 시계

묵은 풀잎이 깡마른 초침처럼
빠르게 쓰러져 가네

연록의 햇풀이 뾰족한 분침처럼
분연히 돌아가네

봄 노래 새로이 부르며
아지랑이 시침떼고 돌아다니네

묵은 풀잎 위로 햇풀이 째각째각 돋아나며
봄이 점점 불어나네

처음 감아 둔 태엽의 봄 햇살이
봄 시계처럼 탱탱하게 돌아가네

시곗바늘이 봄을 한 땀 한 땀 꿰매고 있네
아, 만춘晩春이구나!

감홍난자*

파란 잎사귀가 불붙은 듯 벌겋게 활활 타고 있습니다
늦가을 잎사귀가 환장한 듯싶습니다
저 붉게 타는 걸 보면 어느새 내 가슴에 불길이 옮겨 붙
은 듯 후끈합니다

감홍난자!
불에 데인 붉음을 자주紫朱라 했나요

이제 점점 햇빛이 설핏하여 단풍이 약한 불에 졸여진 듯
푸석합니다

만추의 바람이 청녀靑女**처럼 매섭습니다
단풍을 땅에 쏟아부은 듯, 나무발치에 감홍이 낭자합니다
눈 공양 마치고
하마 마르게 마르게 말라, 바람에 들썩거리며 울먹입니다

나무는 붉은 풍경이 다 뜯겨져 이제 마른 가지만이
바람에 일렁입니다

봄을 기다리는 아름다운 이별 방식 아닌지요

감홍난자!

불길 같은 아우성

바람 불어 환생을 위해 내딛는 붉디붉음의 비상입니다

*감홍난자: 가을에 단풍이 울긋불긋함.
**청녀: 서리를 달리 일컫는 말.

꽃의 폐경

와아! 꽃눈이야
아아! 아직 눈 뜨지 않았어
꼭 감은 저 속눈썹 사이로
무엇이 고물거리며 보일지도 몰라

어서 눈을 떠봐
세상이, 어두운 세상이 네가 눈을 떠서
환하게 밝아질걸

아, 얼마 가지 못할 아름다운 세상

사람이 너를 들여다보는 동안, 너는 사람들 눈을 들여다
봐!
지고 있는 사람이 훨씬 많지?
이윽고 너와 함께 질 사람이 너를 들여다보지?

저 사람들도 눈을 막 떴을 때는, 한 떨기 꽃이었을 것을
꽃이었다가 늙은 삭정이었다가

이제 너처럼 흙으로 불려 갈 것을

다만 너는 닫았다가 다시 열고, 저 사람들 영영 닫아 버
리고

너의 주기週期는 살아서 일 년

저 사람들 주기週릉는 또 다른 형식의 일 년

봄은 오고 있으나

봄은 걸어오거나 기어들거나
환한 창문을 열거나 굳게 닫힌 녹슨 철문으로
유순하지만 강하다

따뜻한 손으로 차가운 것을 만지고
뭇 갇힌 것들을 풀어 헤치며
연초록으로, 검은 것들과 죽은 것들 사이에서 일어나
거라

아지랑이야!
엿보는 것 그만두고, 오르골에 갇힌 가녀린 음악처럼
긴 팔과 다리를 흔들며 춤추면서 오렴

까만 씨앗에서 빨간 꽃으로, 길쭉한 씨앗에서 둥근 꽃
잎으로
이 세상을 보러 건너오거라

아직은 꽃으로 가는 길

봄은 오고 있으나 열매로 가는 길은 하마하마 멀지만

빛이 빛처럼 빠르게 익어가, 까만 씨앗 같은 눈으로
세상을 보면
봄이 벌써 멀리 가고 있을라나

가을의 몰락

새들이 하늘을 긁고 지나갔습니다
무저항의 하늘을 통과하는 새들은 참 실팍합니다
큰 손에서 노는 공깃돌 같았는데……

요즘에 보이지 않는 새들
강으로 몰려갔던 새들, 숲으로 숨어 버린 새들은
비창처럼 울어대다가
가을의 몰락으로 어디로 흩어져 갔나요?

낙엽 지는 소리처럼 흩어진 새 울음소리로 가슴 저미던
여러 날이 지나가고
마른 가지에 일던 바람 같은 새 울음으로 잠 못 드는
며칠이 또 지나갔습니다

가을은 동지冬至의 손을 잡은 채 무너지고
만선이던 햇살도 모두 내려앉은 가을의 몰락!

그새 울던 새들은 어디에 울음을 숨겨놓았을까요

마른 낙엽이 숨어 우는 새의 울음으로 뒤척입니다

콩나물은 꽃 피우지 않는다

비바람 맞으며 혹독하게 자라지만
대궁에 꽃 피우고 콩깍지에 올망졸망 자식 키워내는
밭 콩

심한 매타작으로 세상에 나와
메주가 되고 두부가 되고 씨 콩이 되기도 하겠지만
검은 천 둘러쓴 아랍의 난민처럼
컴컴한 시루 속에서 물세례 맞아가며
밥상머리에 물음표처럼 올라오는 콩나물이 가엽다

숱 성긴 터럭 같은 실뿌리 내려 줄기가 자라지만
꽃피워 낼 대궁 없고,
거세된 씨돼지처럼 줄기만 통통하게 살 올라
나물로 무쳐지기도 전에 콩나물이라는 작위를 받아
생을 마감하니

꽃 피워 낸 적 없어 자식 없는 민대가리 콩나물
타작 면한 생이라, 이만하면 상팔자 아니겠는가

주상절리의 꽃

봄이 무더기 꽃숭어리 지어내네
바람에 맞선 여린 꽃잎이 봄을 짓네

씨앗은 벼랑을 내려와 수만 번 굴러
일부는 파도 속으로, 더러는 바람결에 흩이고

저 벼랑 끄트머리 틈새에 들어
아기 씨가 피워 낸, 꽃 한 송이 지켜보는 어미 꽃

어린 생애야!
저 너른 바다의 거친 파도가 어린 파도를 게운다 해도
너도 따라 하필이면 모진 구석, 거기
좁은 바람과 어둠 속에 한살이를 폈구나

진토塵土면 어떠냐
시방 너의 씨 그런대로 잘 묻혔으니 이왕이면
환하고 소담한 어린 사랑 가만가만 피워내거라
주상절리 거친 벼랑이 너로 인해 환해지도록

사랑에도 끝물이

꽃의 초입에서 너를 만났다

꽃이피리에는 왜 이슬이 둥글리지 않을까 늘 궁금했다
뜨거운 꽃잎!
'노점이 높아서'라는 물리物理
그것 정도는 이슬조차도 아는 것이다

꽃이파리에 맺혀 꽃과 아름다움 견줄 만큼
영롱할 수 없다는 것도……

나는 또 궁금했다
왜 꽃이파리에 벌레가 슬지 않는지를

벌레도 아는 것이다

꽃 지기 전 태중에 씨앗을 배어, 입덧하는 꽃이파리
하찮은 벌레마저도 얼마 남지 않은 꽃의 生을
건드리면 안 된다는 것을

나는 또 궁금했다
사랑에도 끝물이 있거늘
씨를 가진 채 한동안 함께 머물러도 될 법한 것을

다만 겹쳐지지 않은 인연이 더 아름답다는 것,
꽃이파리 따로, 열매 따로
그렇게 만들어 놓은 것, 신의 뜻 아닐는지?

잠의 형식

1.
누에를 잠蠶이라고 하지
누에가 잠 안 자고 뽕잎을 갉네
고치 안에 들기 전 허물을 벗으려 하네

누에가 금식에 들었네
제 허물이 무슨 허물이라고 그걸 벗기 전에는
먹지를 않네
그 선한 금식을 '잠'이라 하지

미물微物도 아는 게지
세상에서 얻은, 때 묻은 옷을 죄라 여기며
금식의 허기로
예를 차리는 거지
날개를 위한 의식儀式, 잠 아니겠는가

2.
바다 사람들은 갯일을 하다가도 물이 밀려들면,
망탁을 밀며 뭍으로 나오고

해루질로 홈 내었던 갯가를 썰물이 덮어주어
처녀뻘로 만드는 그 여유의 시간을 갯가 사람들은
'잠'이라 하지
갯벌도 일용을 채울 짬, 사람들도 좀 쉬어야 할 짬
갯벌도 사람들도 서로 다른 잠으로 살아내지

3.

깨어 있는 것들이 눈을 붙이는 일을
'잠'이라 하지

우리는 누구누구와 몰래 했던 사랑을 잠잤다고 하지
실은 자지 않았을 터인데 말이지
미국 사람들도 중국 사람들도 그렇게 말해
옛 사람들의 시치미였을 것이야

인생이란 그것 참,

너는 금줄 안의 요람에 들었고
나는 조등弔燈을 밝혀 차안此岸*으로 나갈 것이다

한켠에서는 혼례와 장례가 밥상을 마주하고
젖은 웃음과 마른 눈물이 겸상을 한다

배냇저고리와 모시 적삼이 같은 바지랑대에서
서로의 옷깃을 여며주고 있다
벗고 온 것을 입혀주고, 벗고 갈 것이 입는다

풍경 안의 풍경과
풍경 밖의 풍경이 교차하며 해가 떴다가 일몰이 왔다

일만 번째의 한 고비, 이만 번째의 한 고비,
삼만 번의 해가 곧
바다 위로 솟구쳤다가 바다 안으로 빠져들 것이다
인생이란 그것 참,

겨우 삼만 번 떠오른 태양만을 보고 지니……

*차안此岸: 나고 죽고 하는 고통이 있는 세상.

호박이 넝쿨째

우리 집 텃밭만 한 호박잎으로 쌈을 싸 먹네

언제나 노랗게 오므리고 있는 저 호박꽃
못생겨 부끄럼타는 것이겠제

흙바닥 설설 기는 아줌씨 엉덩짝만 한 호박
똥오줌 맞아가며
속 익어가는 다디단 치욕

수치羞恥가 다 자라난,
만다라 한 덩어리가
가을 들판이 되어 가는 내게 안기네

사람 똥보다 닭똥을 덮어쓴 탓인가
삶은 계란 노른자 같은 박속에 호박씨 잘 여물었네

요즘 세상에 부뚜막에 앉아 호박씨 까 먹는
처자 있을까나
대놓고 싸질러 버리는 21세기 여인들

호박이 넝쿨째 굴러와도 무엇에 쓴담?
늙은 호박잎처럼 까칠해진 이 수상한 시절에……

어떤 민들레

그처럼 고운 생生의 겨를이 있을까
이토록 가볍고 부드러운 사死의 결이 있을까

스크럼 짜듯 둥글게, 흩어지기 위해 모인 씨방들
세상에서 가장 작은 낙하산을 타고 간다

모든 생과 사는 바람이 주관한다. 신은 들러리다
착지와 비상의 반복

개여울을 따라 바다로 들어 死의 너울을 만났거나
발자국 없는 맑은 집시의 영혼처럼 날거나
음유처럼 떠돌다가, 어느 담벼락 밑에 기적처럼 소프트
랜딩!

땅의 부름을 받은 것이다
그 작은 낙하산에 꽃과 줄기와 뿌리를 실은 어떤 우주
한 덩이가
미궁의 흙으로 들어가 봄을 피우는 것이다

그는 일단 여기서 살아 보기로 했다*

*문정희의 「나비를 위한 레퀴엠」에서 변용.

꽃비

봄밤이 유독 흔들리는 것은, 가차없는
낙화 때문이다

낙화는 신의 위력으로 봄밤을 옮긴다
사람의 가슴 위로

꽃비 내린다
서러운 타래 한뭉치가 담벼락에 고인다

간밤에 바람과 뒹굴다가 엉켰다가
곧 어디론가 불려 갈 것들…….

그리 깍지 끼듯 서로 손에 손을 얹고
뭉쳐 있으니 덜 애잔하다

유골조차 아름답게 떨어져 누운
저 미인들,

다만 거기 오래 누워 납골納骨하면 안돼!

촛불

당신은 어둠 속에서 광원을 보내주는
초 한 자루
나는 당신의 빛을 받아먹는 야광충이 되겠습니다

나는 당신의 촉촉하고 매끄러운 살을 파고들어
당신과 함께 이 밤을 밝히겠습니다

어둠과 손잡고 당신에게 들어 활활 타겠습니다

외로움을 그저 당신의 차지로만 두지 않겠습니다

어둠을 개키고
당신을 위해 손 모으는 나에게 신앙이 되어주시길

율동의 청둥오리

그들은 밤하늘의 별자리를 관측하며 천리만리를 날아온
철새였다
하늘에 V를 그리며 날아든 청둥오리의 亡命
더 이상 난민이 아닌 호수의 점령자가 되어버렸다

청둥오리에게는 호수가 활주로다
물바닥을 치는 소리, 다 다 다 다
양력 받아 난다
호수 저편에 착륙, 닭처럼 되지 않기 위해 비행연습 중
이다

녹색머리 깃을 이고 사는 청둥오리, 무엇을 먹어
저 찬란한 빛을 가지나

이것들이 언제나 쾌활한 목청으로 내 그림자를 밟으며
나에게 무엇을 주지만
나는 어떤 무엇도 줄 수 없어
그냥 나의 기쁨 한 보따리나 내려놓고 갈 뿐이다

이미 텃새가 되어버린 새

호수가 얼면 저 노란 부리는 어디서 자맥질을 할지

이런 걱정이나 해주고 갈 뿐이다

뻘

시간이 뻘 숨구멍에 들고 나는,
생명이 세상 보러 들고 나오는 단 두 번의 교대

호흡이 뱉어낸 고도 1센티의
살가운 모래 둔덕

뭍이었다가 바다였다가
자취가 자국을 숨겨버리는 은둔의 그곳

숨구멍보다 큰 달랑게가
마술처럼 들랑거리는 안전가옥 아니던가?

다만,
좀 전에 기어 나왔던 게 한 마리 거품 무는 것보면
누구나 비탈 하나쯤 지고 사는 것
물 들면 깊은 수렁이기도 하겠다

세월이야 뻘 구멍이든, 숨구멍이든

게 눈 감추듯, 게 거품 꺼지듯 지나가는 것을……

뻘은 생명이고 때로는 늪이다
늪의 숨결이다

암전暗轉

저 붉은 노을도 실은 막막한 허공이리라
그것은 길지 않은 태양의 채색
사람들은 짧은 것에 환호하는 것이다

(꽃이 무릇 사계를 누린다면 개화의 그 소중함을 알까)

내 육신도 재가 되기 전에
한 번의 꽃불을 뿜어 화로 안을 밝히리라
내가 차갑게 살아왔으나 한 번의 잉걸*로 뜨거워졌을
것이니
남겨진 사람이여

막 타오르는 노을을 보듯 나의 화염에 환호하고
한 줌 하얀 재를 뿌릴 때 생의 덧없음을 알라!
막간의 암전과 같은 일이니……

놀이 늘 노을 지지 않듯
꽃이 늘 붉지 않듯, 내 심장이 늘 뜨겁지 않듯

저 노을 불붙은 빛으로 사그라지고

나도 노을처럼 한번 타올라 사그라들고 지고

*잉걸: 불이 이글이글하게 핀 숯덩이.

봄이 왔으므로 종달새는 울어야 한다*

종달새가 울기 시작했으므로 봄이 왔는갑다

봄이 솔깃하게 들었으므로 봄볕으로 쏠려라
울어라 종달새야, 나는 쓰리라

요란한 빛,
이글거리는 생명의 향기가 네게 닿지 않았느냐
봄 땅을 박차고 귓전을 흐르는, 봄 소리 들리지 않느냐

종달이 그대와 나.
이 계절에 처음 만난 환희, 세상은 뭣이든 오고 가는 것
뿐
　봄이 가기 전에 기쁨이 가기 전에 울고 싶은 만큼 실컷
울거라

야단법석의 빛들에 대들어 종달거리며 울거라
하늘에 울음을 지지배 지지배 수놓고 봄이 왔으므로
너는 울어야 한다

그러나

나는 써야 한다, 너의 봄과 너의 울음소리마저도……

*고흐가 테오에게 보낸 편지 중에서.

만추의 나비

그날은 나비가 우짖듯이 날았습니다
슬픔을 매단 채
펄럭이던 날개는 가장자리가 다 닳아 있었고,

군데군데는 작은 구멍이 나 있어
벌레 파먹은 낙엽과도 닮아 있었습니다

저 날개,
어렴풋이 남아도 날갯짓하겠지요
비상하다 고꾸라지겠지요
가미카제(神風)로 불리던 폭격기 안의 소년 조종사
처럼요

다만 구석 어디엔가
도톰한 애벌레 남겨 놓았지 않았겠어요?

꼬물거리는 봄 하나쯤 숨겨 놓지 않았겠어요?

2부

흔들리는…

제주 詩살이

　마음이 시주구리한 날에는 나는, 포구로 나가 해풍을
맞다가
　비릿해져서 돌아오곤 하였다.
　시를 쓰다가 책상에 엎디었는데, 백열등 스탠드의 필
라멘트에 노릇하게 구워졌다

　비릿함에서 노릇함으로, 후각에서 시각으로
　감각이 전이될 즈음
　설문대할망*이 나를 자시러 올 것 같아
　이불을 덮어쓰고
　아직 덜 익은 발목 한 짝만 내어 놓았다

　파도 소리가 그 할망구의 치맛자락 끄는 소리같이
　가차이 들리는 포구의 단칸방

　정박해 둔 고깃배가 엉키어 삐거덕거리고
　내 마음 어딘가가 텅 비어 찌거덕거리는데

달빛은 흥건하게 바다를 적시고, 나는 얼근하게 소주
에 젖었다

詩가 한라산에 절어 파도처럼 비틀거리고
노릇하게 구워져 내 몸뚱어리가 안주가 된 그날 밤은
나와 詩를 뜯어먹고 싶은 아리아리한 밤이었다

*설문대할망: 제주의 천지를 창조한 여신.

冬至의 고등어

신새벽
낚싯바늘처럼 등 구부리고 바다로 나선 사내가
팥죽색 해진 깃발을 돛대에 달고
고등어처럼 푸른 등으로 돌아왔네 달밤이었네

冬至를 경작하러 나간 사내
바다에 어떤 흔적도 남기지 않은 채,
고등어 두어 마리와
세한의 칼 같은 바람 품고 돌아왔네

어창에는 여적 숨이 연하게 붙어 있는 고등어가
충혈된 눈으로 사내를 바라보네
사내의 가슴 품에서 시퍼런 칼끝이 보였네

오늘밤은
비린 것들이 지글거리고, 사내 눈은 이글거릴 것이야

술 취한 동지의 밤은 깊어만 가고

사내는 초점 없이 비릿한 눈으로 소주병처럼 엎어졌네

사내가 고등어에게 뜯겨져 있었네

사내는 초점 없이 비릿한 눈으로 소주병처럼 엎어졌네

개뼈다귀꽃

옛 목동들은
키우던 양치기개가 죽으면
정강이뼈를 갈아 피리를 만들었다던데
그 뼈에 길게 길게 호흡을 불어넣어 불면
혼령의 개 그림자가
꼬리를 흔들며 컹컹, 주인 품에 달려들었다더라

목동의 피리 소리에
양들이 우리 속으로 하나씩 가둬 들어가
양들도 먼저 간 개뼈다귀 소리를 알아듣는 것이었다

별빛 호젓한 겨울밤
품에 안겨 따뜻한 온기를 나눴던 양치기 개

개뼈 피리 소리가
먼발치 구골枸骨나무에 들면
새하얀 개뼈다귀꽃*이 피었다더라

*개뼈다귀꽃: 물푸레나무과 상록나무로 겨울에 흰 꽃을 피운다

얼핏과 설핏

내 오랜 인생도 곰곰이 생각해 보면
얼핏 왔다가 설핏 사라지는 것, 얼핏 살아지는 것 아니
겠는가

설핏 스쳐 간 사랑으로 얼핏 태어나
미련 떨고 무척 오래 살아낸 것 아니겠는가

나는 가끔
설핏이 빠른지 얼핏이 빠른지 가늠해본다

얼핏은 오는 것, 설핏은 가는 것이라면
나의 오독일까
어느 아주 짧은 순간의 앞뒤가 아닐는지?

얼핏 왔다고 생각하며, 숨 좀 쉬는 찰나에
설핏 살아낸 것 아닐까

아,
이러다가 어느 틈에, 나는 설핏 갈 것 같기도 하다

시인과 거미

한겨울 서재 천장 한구석에 어제까지 안 보이던
거미줄이 처져 있다
거미는 아니 보인다. 어딘가에 도사리고 있을 것이다

세한에 모기 한 마리 있을 리 없지만
거미줄 쳐 놓고 숨어버린 거미에게는 이번 겨울이
생의 몇 부 능선쯤 되는 것일까

구석의 거미줄, 직조 본능인가,
나처럼 습작으로 하루를 보내는 세월 놀이인가?

이놈의 침묵은 나의 고요보다 무섭다
텅 빈 거미줄보다 더 가난하고 고독한 것 있을까
시인의 텅 빈 백지만큼
공허한 빈 거미줄, 이보다 더 가벼운 것 또 있을까

숨어서 봄을 기다릴 터이다.
어쭙잖은 시인이 봄만 되면 신춘문예 기웃거리듯이

〈

시를 짓는 모지리 시인을 내려다보며
저놈도 고독한 공간에 숨어 적막을 짜고 있었을 것이다

저놈이 실을 짓는 것은 또 하나 살생의 업을 짓는 것
내가 시를 짓는 것, 또 다른 번뇌의 업으로 들어가는 것

지금쯤 시인과 거미는 삶의 어느 능선에 와 있을지……

애월

푸른 등 보이며 돌아누운
절벽이여
풍조風鳥처럼 날아올라 거기 기댄
절애의 난간이여

달빛 기어오르던 계단참에
달그림자
유채처럼 노랗게 앉았다

멀리 외진 작은 섬
돌아나온
고깃배 집어등이 반디처럼 고와라

내사,
여기 난간에 혼자 서면
먼지처럼 날리우고 싶어라

석양

오늘도 나는
마르게 오고 있는
오늘 하루치의 아름다운 부음을
가능한 한
오랫동안 바라보는 것밖에는

바닥이라 절망하지 마라

어떤 새라도 날기 위해 바닥을 박찬다
그러니 바닥은 하늘의 시작점이다

하늘이래야 궁창穹蒼*아래의 것
山의 정점頂點도 궁창의 바닥이거늘

바닥을 차고 올라 시궁창을 벗어나려는 마음
그것이 궁창의 상제로 가는 길, 그 발원이 아니더냐

바닥이라 절망하지 마라
어떠한 높이뛰기 선수라 할지라도 바닥의 도움을 받아
야 하느니

설령 바닥 아래의 나락을 만나기도 하고
침몰하는 바닥도 있겠지만, 굳건히 디디고 서서

궁창으로 날기 위해
아니, 시궁창으로 들지 않기 위해 그 바닥을 힘차게

도약 하여라

언젠가는 그 바닥을 추억할 날이 올지니……

*궁창穹蒼: 성경 창세기에서 일컫는 하나님의 하늘.

탕자의 후회

내가 알았던 사랑은 마음을 앓았던 사랑이었나요
아프고 난 뒤
알게 되는 이미 늦은 사랑 아닌가요

사랑하지 않으리라는 말
아팠던 사랑의 번민 아닐는지요

서로의 무명지에 끼워두었던 약속이 바래어
야속한 사랑이 되어 버리지나 않았나요

그대 무명지의 희미한 자국만큼
아득한 사랑이 되어 버러지나 않았나요

나는 늘 세상을 햇살 속의 먼지처럼, 집시처럼 부유하
며 떠다녔어요
얼마나 골몰하게 가라앉혀야 온전히 침잠하게 되나요

나에게 그리움이란

묵은 시간 속으로 나를 아프게 담그는 일

꽃잎을 꺾은,
덜 익은 포도를 따 먹은 후회 속에서
그대에게 향한 모진 그리움으로 나를 소진하고 있습
니다

나는
그대 사랑을 접고 허랑방탕하게 보내고 돌아온
이미 때늦은 탕자입니다

바람처럼 살라 했을까

소록도에는 풍인風人들이 살았었다
한센인들을 사람들은 풍인이라 불렀다

風人!
'바람처럼 살라' 해라 했을까
문디라 하면 전염 받을까, 저주받을까
아주 나쁜 염치로 고이 불러 주었던 것은 아닐까

사전에서는 詩 쓰는 사람도 風人이라 한다
문디* 기질이 있어야 시를 잘 쓰는 시인이 된다나?

이제 소록도에는 한센인이 드물고
이 행성에는 詩 쓰는 풍인이 점점 없고

소록도 수탄장**에는 아직도 눈물이 범람하며 탄嘆
하던 소리
여기저기서 들려오는 듯한데
바람소리 아프게 들리는데......

*문디: 문둥文童이라 하여 '글 잘 쓰는 이' 라는 뜻에서 유래되었다는 설이
    있음.
**수탄장: 한센인과 그 가족들이 일정한 거리를 두고 한 달에 한 번씩
    만났던 한이 서린 장소.

세월이 더러워졌거늘

저 너른 바다도 다 게워내는 것을……

파도로, 바람으로, 물굽이로 다 토해내거라
관의 무게로 가라앉지 말기를

심장만 잘 붙들고 있으면
언젠가 한 번쯤은 환해질 수 있으리

뱉아내거라
잘못 삼킨 세월을
너는 한결 가벼워져 기꺼운 날 오겠다

오라 하여라
너를 데리러 오는 시간을

다 뱉아내고 토한 몸으로
거리낌 없이 가거라
한결 가벼워진 관의 무게로, 恨의 무게로

노을 이고 있는

너의 이마는 이미 많이 붉어져

너의 두 눈에 괸 눈물이 핏물처럼 아리구나

춤을 추고 가거라

춤 세 번 퉤퉤 뱉고 가거라. 세월이 더러워졌거늘……

세월

책장 사이에서 일렁이는 한 페이지의 물결,
책 한 권의 파도

안일한 윤슬 뒤의 격랑

한 페이지가 밀물처럼,
또 다른 페이지가 썰물처럼 넘어가리라

떠오르는 태양과 묻히는 석양, 책장 안의 너울

마른 뼈마디의 손가락이
해진 시간 몇 장을 넘기누나

책장冊張을 넘기면
그 안에 머물렀던 시간들이 미금처럼 푸르르
날아가리

책장에 정박해 있는 해묵은 사랑의 세월이

볼라드*의 홋줄을 풀고

그대와 나,

다른 걸음으로 바다를 향하는 저무는 황혼녘처럼 둘아

가리

*볼라드(Bollard): 배를 홋줄로 묶어 두기 위한 말뚝.

사양산업

젊은이들의 비혼과 낙태방지법 제정으로 줄줄이 폐업하는 산부인과. "어떤 놈들은 돈 내고 들여다보지만, 자기는 돈 받고 들여다본다" 고 자랑하던 일흔 넘은 고향 후배가 먼 시골의 노인요양병원의 의사로 일한다. 요양병원에도 산부인과가 필요하겠지? 이제 뭘 들여다보고 있을지 잘 모르겠지만......

한때 복잡한 전철 안에서 절묘한 면도날의 쾌도로 안주머니를 베어 빼내어 간다는 일급 소매치기도 "야 이시키들아 돈 좀 가지고 다녀라" 한다고 하니 이미 소매치기도 사양산업이 되었고 보이스피싱이 대체 산업으로 부상 중이다.

탑골공원 박카스 아지매, 이발소 면도 아가씨, 유흥주점 삐끼는 뭘로 풀칠하고 사는지. 코비드 끝난 지금 살림살이 좀 나아졌는지?

바야흐로 인공지능시대, 詩도 AI가 쓴다고 하니 시인은 어디에 서 있어야 할지, 가뜩이나 읽히지 않는 고료 박한 시

인의 끝도 없이 저물고 기울어가는 비탈길 같은 사양 길, 피
사의 사탑처럼 위태하다.

　일당 받고 고속버스 타고 올라와, 광화문에서 이념 없는
함성이나 빽빽 지르며 한 줄짜리 김밥 뜯는 것. 메뚜기도 한
철이라하는데 이거라도 좀 오래 해 먹었으면 참 좋으련만
세상은 사양斜陽 산업을 사양辭讓한 지 오래되었다

참회

검은 그물스타킹을 미사포처럼 두른다
네 얼굴은 어둡게 가려졌지만, 벗은 허벅지가 제단의
촛불로 훤하다

참회하기 위해서는
네 몸이 아직 많은 것을 가졌거늘,
너의 허벅지를 제단에 바치거라
애초에 죄를 만졌던 합장合掌의 손을 자르거라

마음으로 비는 일이 훨씬 수월하지 않겠느냐
욕慾된 생각으로 금禁을 넘지 못하면 이미 무욕이 아닌
것을,

너는 그리운 것들마저 그리워 마라
염원을 담은 마음으로 고해하지 말지니……

허벅지를 바치고, 두 손을 바치고
"이제 그만 적멸에 들고 싶습니다"라고 말할 때

그것 또한 욕심의 한 부분이 아니겠느냐?

　너는 무릎 없는 무릎을 꿇고, 잘린 손으로 합장을 했어
야 했다
　수만 번의 참회로 한 번의 용서를 얻듯이
　참회도 고비를 맞아야 하는 것이다

　모든 것을 버릴 때, 너의 허벅지가 제단에서 내려오고
　기도를 모으는 두 손을 가질 것이다
　버릴 때 말씀받는 것이니라

기억

'잃어버리다'와 '잊어버리다'를 혼용하기 시작했지만
점점 같은 의미로 수렴되고 있었다

잊어버려서
잃어버린 것이 더 많다고 생각했는데
잊지 못해 더 가슴 아팠던 말들이 아직도 남았다

내가 나를 놓아버릴 시간이 훨씬 더 빨리 오리라는 걸
잊지 않고 있다는 것에, 약간 두려워하는 마음이 들지만
아무도 나를 기억해주지 않을 날이 곧 오리라는
생각을 잃지 않아 안심이다

아직 잊지 못하는 미덥지 못한 기억들이
조금씩 졸아들고 있는 것을, 나만 모른다는 생각이 들 때

생각되었다는 자체를 잊어버리는 시간이 오기 전에
내가 나를 조금만 더 붙들 수 있을지

아직 망각이 오지 않은 것은 알겠다

언젠가는 나 혼자 컴컴한 어둠에 서 있을 것이라는 것,

아직은 알겠다

사람, 참……

사람처럼 산통으로 새끼 낳는다면
온 들판과 산에는 고통 소리 질펀하겠지
사람, 참 유별나기도 하지

사람처럼 조리한다면 온 들판과 산은 산후조리원 같은
움막에
군불 때며 삭정이 타닥거리는 소리 푸지겠지
한국 사람, 참 별나게도 하지

음메에-
길게 울음 한 번 울고 양수와 함께 퍽 쏟아지는 송아지
어미가 제 물 핥아주면 기를 쓰고 일어나
어미 밑으로 기어들어 젖 찾아 빨지
송아지, 참 용하기도 하지

주둥이 쫙쫙 벌리는 새끼 새들
둥지에서 떨어지기도 하지, 굶기도 하지, 보채지 않지
새, 참 기특하기도 하지

지천에 향기 아련히 뿌리며 소리 없이 피워내는 꽃,
차암 갸륵하기도 하지

사람, 참.....약하게 태어나 독하게 살지

에밀레

종이 운다
종신에 새겨진 새가 울고
연꽃이 흩날리며 구름이 흩어진다

당목이 스쳐 간 저 청동 쇠에 오래 갇혔던 울음이 풀어
졌다
어린 심장 우는 소리 ……에밀레--

에밀레가 에밀레 운다
발버둥 치며 시뻘건 쇳물에 던져진 울음이 에밀레 운다
살생의 의미를 모순처럼 잊은 채 천년의 울음이 운다

여린 몸의 아릿한 비명이 종소리를 흔든다

처음의 당목으로
청동 쇠를 두들긴 스님과 아해의 어머니 울음이 종소리
로 모인다
날아갔던 새들이 돌아오고,

연꽃이 입을 다물고, 구름이 자욱하다

에밀레-

일천이백쉰네* 살의 애기 울음이 종신에서 퍼져 나간다

*에밀레 종: 신라 771년에 주조됨.

와蛙*

올챙이 적 울어본 적 없는 울음을
어른이 된 개구리들이 일제히 울어 댄다
"시끄럽다 이놈들아, 한 놈씩 울거라"

광화문에 蛙글蛙글
일당 받고 모인 개종들
언제까지 들어줘야 하나 저 볼멘소리를

적요한 밤에 더 시끄럽다
시골 정취 좋아하시네

저놈들의 후배위처럼 뒤를 꽉 껴안고
시원하게 한번 박아줘야 울음 멈추려나

와와蛙蛙!
밤하늘 아래
차마 음란스러워 못 듣겠다

*와蛙: 개구리 蛙, 음란할 蛙.

얼룩말 1

저 근사한 무늬를 얼룩이라니
갈기를 휘날리고, 발굽으로 천지를 박차고
그 이름 명명한 자에게 돌진하라

종횡으로 절묘하게 배열된, 단 두 가지 색으로
아프리카의 수려한 정경이 된 소담스런 얼룩이라면
나도 덮어쓰겠다

바꾸어 쓰라
말발굽에 다치기 전에
몸조심해라 말에게 체포당한다*
지금이라도 줄무늬말이라 개명하든지
아프리카의 작명가에게 자문이라도 구해 보든지

지금 온 나라가 술수로 뒤덮인 것을
얼룩이라 할지니

*몸조심해라, 체포낭한다: 어느 야당 대표의 어록 중에서.

얼룩말 2

머리부터 발끝까지 재미나고 미로 같은 문양을
검은 가죽 캔버스에 찍어낸
그들 먼 조상들의 절묘한 판화 같은 예술성을 보아라

맹수들의 습격을 교란시키려고
만들어진 문양이라지?

내가 보기에는 아주 식욕을 자극하는
일용할 양식처럼 보이는걸

차라리 얼룩말이란 이름처럼
문양을 난잡스럽게, 무섭게 만들어 구미口味 당기지 않
게 만들 것이지

온순한 초식 동물의 머리만큼 큰, 아둔하고 순한 발상
실은 어떤 궁리였는지 잘 모르겠다

사람의 지문같이 다 다른 문양이라지?

혼자만 살 의도였을까

이미 맹수의 눈에 잘 적응되었다니 어떤 문양의 변이가
탄생할지 사뭇 궁금해진다
니들의 종말이 오기 전에 습작은 그만!

광화문에 모인 무리처럼
똘똘 뭉쳐 패악질이나 해 보던지
그저 안타까울 따름이다

파도

바다의 맥脈이다 진혼곡이다
가락이 가락 위에 얹히고 곡曲을 쏟아내는
연속의 울컥거림
한恨의 맥을 보내는 것이다

'그 맥이 왜 여기에 와서 깨어지는 것이냐?'

만수위의 恨
다 토해내거라
곡曲의 가락으로 곡哭하거라
한恨의 무게로 가라앉지 않기를

맥을 보내던 저 수평선으로 돌아가야지

이별하고자 하는 소망도 있는 법
조금만 부서지고 집에 가야지

너의 심장이 저 대양에 있지 않느냐
이 묵묵한 등뼈동물아!

변덕

바람도, 햇볕도, 새 울음소리도 다 귀찮다
호젓하게 날 내버려다오

살갗에 닿는 바람도 무엇이 집적대는 것 같고
얼굴에 내리는 햇빛도 마냥 치근대는 것 같고
새 울음소리는 또 왜 이리 성가신 건지

다 귀찮다
오롯이 날 혼자 있게 해 다오

나이가 들면 눈에 알짱거리는 것 다 못마땅하다
내가 나를 찾는 일마저도, 내 그림자마저도

그러다 그러다가
고스란히 혼자 남게 되어버리면, 남겨져 버리면

바람 한 점, 햇볕 한 장, 새소리 한 지저귐이
새삼 아른아른 그리울 것
낮에 벤치에 두고 온 내 온기마저 그리울 것

정분 났다는 말, 바람났다는 말

가약으로 맺어졌거나, 지순한 사랑 사이에서는
정분 났다는 말 아니하지

정분 났다는 말
'사귀어서 정이 들었다'는 사전의 말
바람났다는 말
'남녀 관계로 마음이 들뜨다'라는 사전의 말
그런데 어쩐지 불륜의 냄새?

정분 났다는 말, 바람났다는 말
왜 동음이어同音異語로 들리는 거지?

바람나고 정분 난 애인들의 '사랑한다는 말'
안전하지도 미덥지도 않은 말

늘그막에 와서 이제사 왜
아내와 바람나고 싶은 거지? 정분 나고 싶은 거지?

늙어 늙어 미풍微風이라 그런 거지
미운 정 고운 정 다 들어, 그저 바람(望)이라야
서로 가슴에 불어갈 따스한 바람(風)뿐 아니겠는가

바람도 정분도 칠십이 되니 참 심심하구나

사막의 사갈蛇蝎*

사막의 파충과 절지, 뱀과 전갈의 잠복이다
모래 속에 숨어 연한 생명을 기다리는 독종들이다
허기가 일상인 그들

그들 간의 전투는 어지간해서 없다
서로 다른 독성을 두려워하는 것일까

고독한 기다림이 이빨과 꼬리에 고독蠱毒**을 만들리라

달의 이삭만으로도 너끈히 백 일을 산다는,
어쩌다 맺힌 밤이슬로 또 백 일을 산다는 사갈
은근慇懃이 독을 만들고 끈기가 독을 모은다

바람에 실려 온 따뜻한 온기들, 모래의 기척들
운 좋으면 사막의 쥐를 만난다

이들에겐 자비란 없다
독하게 먹은 마음의 은밀한 사냥

사막에는 어떠한 비명 소리 없고, 모래 몇 줌이 꿈틀거릴
뿐이다

이미 사막화가 되어버린 독거 시인의 방
시인도 방구석에 틀어박혀 시간을 으깨고 있으면
詩語 몇 꿈틀거려 줄까
고독하게 詩말을 입힌 독한 시 하나 걸려들라나?

*사갈蛇蝎: 뱀과 전갈을 일컫는 말.

**고독蠱毒: 뱀과 전갈 따위의 독.

가을 채색

우린 서로의 가을이었습니다
나는 당신의, 당신은 나의 가을 캔버스였습니다

우리가 잠시 가을 석양에 서 있을 때
서로의 붉어진 얼굴을 쳐다보며
우리는 아우라지처럼 흘러왔다는 생각이 들었습니다

노을이 당신과 나를 비춰 주었던 "참 곱다"라는
짬은 금방 지나고
가을은 우리를 방금 넘어간 노을처럼 칠해 버렸습니다

"아, 이것이 결별의 시작이구나"라는 생각이 들 때
세상이라든지, 당신이라든지
언젠가는 갈라져 흐를 두 물결이 일렁거렸습니다

아름다운 것은
언제나 금방 지워져야 하는 것인가?

가을 노을을 보며
우리는 잠시 두려움을 보았던 것입니다

아, 당신이 먼저 손을 흔들고 떠나가지 않기를
가을이 그런 구도를 만들지 않기를
나는 가을에 빌었습니다

저 진저리치도록 아름다운 별리의 채색을
서로에게 보여 주지 않기를 노을에도 빌었습니다

그럼에도 가을은 아무렇지 않게,
우리를 물들이며 떨구고 있었습니다

3부

그리운…

겨울소

겨울 누렁소가 덕석*을 숄처럼 걸치고 섰네

우사 밖에 눈 내리고
겨울소의 마음은 허기마저 비워진 구유와 같아
눈 덮인 북데기처럼 엉킨 타래이겠네

엊저녁 혓바닥으로 휘감아 씹어 삼킨
몇 올의 지푸라기라도 천천히 게워 씹고 또 씹으면

콧구멍에서 허연 김이 물컹하게 피어 올라
한기가 눈에 보이겠네. 제 설움이 눈에 밟히겠네

저놈도 필시 나처럼 가슴이 콱 메어
젖은 눈망울로 반추하듯 눈물 글썽이며 봄 기다리겠네

우사 나무벽에 제 눈알만 한 옹이가 빠져
그 구멍 사이로 찾아 든 한 줄기 빛 보면
너덜겅을 갈더라도,

코뚜레가 찢기더라도 일하고 싶겠네

두텁고 긴 혓바닥으로

바깥 한기 제 속으로 휘감아들여 내지르는 겨울소의

재릿한 영각

제 귀에만 헛되네. 헛되이 돌아 나가네

*덕석: 추울 때 소의 등을 덮어주는 멍석.

돌담, 바람의 그물

일백만 년 전
솟구쳐 나온 용암의 모태 덩어리가 검은 숨 쉬고 있는
선사先史의 맥이여
숨통의 끈이여, 풍경이여, 마그마의 이삭이여!

할망과 하르방의 혼례와 장례, 탄생과 늙음의 이야기며
갯가 사람들의 해루질 이야기가
돌구멍을 넘나들며, 바람을 어루만지며 축대 돌담에
태고의 바람 한 움큼 들고 났다

바람 품은 돌담 숨구멍에서
비바리 숨비소리가 오랜 근심처럼 곰삭아서 자리젓내
드나드는
공극의 행간

허점 아니라는 걸, 공백 아니라는 걸
외담 숨돌을 보면 알겠네, 그건 바람의 그물이겠네
그물코 성긴 돌 틈 사이로, 바람 반은 돌아가고

또 반은 넘어들어

검은 그물에 구석기 일만 년 세월이 숨 쉬고 있네

간이역

신호수 깃발 올라가면 뚜우뚜 기적소리에 가슴 이울던
책 보따리 둘러맨, 나 하나가
떠나간 기차에서 내려, 걸어 나올 것 같은 간이역

지금은 그냥 바람처럼 지나가는 열차를 보며
나는 철로 변 들꽃처럼 무시로 흔들렸다
기차를 움직였던 바퀴보다 더 많이 굴러다녔었다

막차는 기약 없이 떠나갔고
떠난 것이 모두 다는 돌아오지 않는 소품 같은 간이역

이제 더는 여기서 떠날 것 없고, 돌아올 것 딱히 없어
나는 대합실 의자에 앉아,
덜컹거리며 지나는
열차 바퀴 소리 들으면서 오래된 문집이나 읽을 참이다

대처에 나갔던 아재들의 부음이 어쩌다 실려와
철로 변 들꽃들이 어깨를 들썩이며 흐느끼던 지금

이별의 눈물이 아직 마르지 않았는데

신호수 깃발 더는 없고,

기적소리 더러는 지나쳐가버리고......

나는 조등이 너무 아파 울었습니다

'오늘 못 넘기실 것 같애' 전화기 너머의 목소리가 엄마의 울대를 타고 내 귀로 들었습니다. 고속버스 안에서 눈물이 울컥 터져 나올 것 같아 숨을 참아 보았습니다. 숨을 참는 일이 눈물을 거두는 것보다 더 어려웠습니다. 아버지는 내일부터 영원히 숨을 참을 것입니다. 그래도 아버지는 영영 울지 않을 것입니다.

'오늘 못 넘기실 것 같애' 아버지가 넘기시는 것 아닙니다. 어떤 운명이 아버지를 넘겨 버릴 것입니다. 해거름에 집에 당도해 보니 조등弔燈이 삭朔처럼 어둡게 대문 설주에 걸려 있었습니다. 세상의 마지막 해거름인 듯 슬픈 빛이었습니다. '아, 아버지' 나는 왜 조등을 보면서 아버지라 불렀을까요. 임종보다 조등을 먼저 보았다는 자책 아니었을까요.

족히 이틀 밤을 거물거리며 아버지와 함께 빛을 잃어갈 조등. 몇 번의 초를 갈아 끼워야 아버지와 가뭇한 이별을 맞을까요. 근조謹弔라는 까만 글씨가 아버지의 한恨처럼, 이별을 놓아버리려는 듯 모싯빛 갓 안의 촛불이 아버지의 혼백

처럼 흔들리어, 나는 이별의 형식이 참 허무하게 서러워 울
고 말았습니다.

　갓 안의 촛불이 한바탕 恨 춤을 추듯 몸을 이리저리 너울
댑니다. 임종하시기 전 아버지도 나를 기다리시며 마지막
숨을 꺼져가는 촛불처럼 몰아 쉬셨겠지요. 이틀 뒤면 완전
히 꺼져버릴 조등이 너무 아파 나는 울었습니다.

내 생애 거스러미 같은 것들

성가신 애착 같은 게 있다
슬픔을 느끼고도 울 수 없는 아픈 웃음이 있다

내 몸에서 튕겨 나온 씨앗 하나가, 어떤 품을 만나 생겨났
으나
늘 순조롭지만은 않아서
가령, 내 손톱 가장자리 보푸라기처럼 일어나
내 아픔을 각인시켜 주는 아린 계모의 축복* 같은 것

거스러미도
내 아픈 손가락의 한 부분
떼어내면 더 깊이 패이는 상처, 순조롭게 다스려야 한다

내 손에 내 손孫이 있어야
이쁘게 아픈 것, 내 생애 거스러미 같은 것들……

아직은 즐거운 내 것들

*계모의 축복: 영어로 stepmother's blessing, 거스러미를
반어법으로 표현함.

만灣

저 灣은
어떤 물굽이가 닿으려 몸을 틀었는가

만년을 만지며 다가간 파도, 껴안지 못한
파도 있었을까
만년을 긁으며 불어온 바람, 품지 못한
바람 있었을까

만을 닮은 당신의 허리
당신의 만에 나는 어떻게 닿아야 하는가

나는 순한 파도의 손이 되리
어진 바람의 숨결이 되리

내 곡진한 손과 숨결이 당신의 허리에 닿으면
고이 숨었던 만 하나가 꿈틀거리며 열리려나?

당신에게 들고 싶은 허허한 마음
당신만의 만灣 속으로 굽이굽이 흘러들고 싶어라

맏이

각자 다른 방향으로 흐르는 물길들이,
마치 험준한 협곡에서 소용돌이치며 굽이도는 흙탕물
처럼
아버지 손 안에 모여 흐르고 있었네

아버지의 열 개의 손바닥 협곡
그 속에서 아버지는 늘 휩쓸려 다니셨네

나는 왜 엄지만 한번 접히고 나머지 네 손가락은
두 번 접히는지 그 까닭이 궁금했네

아버지는 말씀하셨네
한 집안의 맏이는 한 번의 굴신으로 족하다는 것을
모든 굴욕은 아비가 굽힐 것이라는 것을

맏이는 굽히더라도 다른 동생들 몰래
굴신하라는 말씀을
이제야 알았네

엄지를 치켜세우면 엄지 뒤가 크게 접힌다는 것을,
맏이가 치켜세우기만 해도,
동생들이 안심한다는 것을……

아버지의 협곡이 맏이에게 이어져 흐르고 있었네

청풍 수몰

국사봉 산허리를 끼고 돌면

열두장선 베루골에 청풍명월 큰 물이 담겼다

무덤도 가라앉아 있는 수몰의 호반

죽은 자의 인기척 같은 물안개가 호숫가에 드리우고

송장메뚜기 놀던 묏자리에

가물치 꺽지 쏘가리가 노닐다 간다

불어터진 묘비명

아비는 할머니의 맑고 따뜻한 양수에서 태어나

마른 땅의 유택에 들었지만 물속에서 다시 한번 익사당

했다

시간과 죽음이 번져나오는 일출과 일몰 속에서

아비는 감은 눈을 뜨고 계시지나 않을지

버스정류장에서 손 흔들던 시간이, 우체국에서 안부를

쓰던 손들이

신작로 앞 우거진 수초 사이에서 손사래 치는구나
창문에서 내려다보이던
장날 보따리 이고 장터에 가는 아낙들의 아득한 길도,
동네 쏘다니던 바둑이도, 먼지바람도 물속에 다 묻혔다

제천 사거리 신호등은
아직도 깜박거리고 있을 것 같고
성황당 느티나무 잎사귀가 바람에 흔들릴 것 같은,
가라앉은 비애들

교회당 종탑의 종, 물속에 잠겨 있다가
가물치 한 마리가 건드리고 갔는지
호반의 잔물결이 종소리 파문처럼 퍼져 나가고,

정경들을 오래오래 가둬 둔 수면 위로
모터보트 한 척이 전속력으로 내달리고 있다

틀니

할매는 이승의 마지막 식사를 마치시며
낡은 틀니를 꺼내어
뒷설거지하시듯
천일염 묻힌 칫솔로 정성껏 문질러
반짝반짝 광을 내시고는
모시 적삼 품에 고이고이 품는 것이었다
저승에서도 씹어 드실 양

할매의 틀니 빼낸 뺨은
언제나 숟가락처럼 오목해져 있었는데
무슨 말씀을 하실 때도
조곤조곤 말을 씹으시듯 오물거리시는 거였다

자식 둘을 앞세우신 할매
얼마나 회한을 되뇌시며 사셨을까

저승에서도
정우야! 성우야! 부르시며

恨을 씹고 계시지나 않으실지

인아*야!
너그 새이 흡이** 빙 낫도록 일심으로 빌거라

틀니 달싹거리는 소리

*인아: 작가 본인.
**흡이: 작가의 작은형.

염전

푸른 바닷물결이 쏴아 밀려온다

파도를 잡아채 가둔다

바다에게서 푸른 물결 몇 장, 몇 겹의 파도를 받아둔다

(타는 일광)

물결아, 좀 졸아들었느냐

해야, 파도의 숨 좀 죽였느냐

저 바닷물 다 태워라

모든 햇볕은 들고 모진 빛은 다 나가거라

한 됫박의 소금꽃이 왔다

그 꽃숭어리,

염부에게는 수만 됫박의 바늘이거늘, 수만 리 발목이

거늘

그러나 말거나

물새 한 마리 꽃밭에 앉았다가
하얀 꽃잎 하나 물고 간다

뭣에 쓸라나?

전파상에는 전파가 없다

낡은 축음기 바늘에 허정허정 돌아가는 LP판,
홈은 도랑물 흐르듯 패였고
바늘은 뭉툭해져 전파상에는 언제나 비가 오는 듯하다

선반에는 빛바랜 LP판들이
월남에서 돌아온 김상사처럼 도열해 있고, 전파상에는
팔려고 내놓은 전파는 없다

빛바랜 LP판과 늘어진 카세트 테이프가 만들어낸
전파 아닌 음파가 온 동네에 소음을 전파傳播하고 있다

전파상 지붕의 야기 안테나*
그물로 고기 잡듯 전파를 잡아, 가요일번지 들려주는
전파상 사장님

전파상에는 내놓은 전파는 없지만, 팔지 못하는 전파가
분명히 있다

*야기 안테나: 지붕에 설치하여 전파를 잡는 일본 공학자 야기가
　　　　　　발명한 알루미늄 안테나.

짝사랑 1

그것, 애먼 사랑
그러나 억울하지 않았던
앞이 훤히 들여다보이던 눈 뜬 눈먼 사랑

공복의 허기에도 꽉 차오르던
가슴 뻑뻑한
서늘하게 아팠던

가슴에 빈집 하나 들여놓은 듯
만지고 싶어도 만져지지 않았던
그 처음

묶인 마음
쉬이 풀어지지 않는
비밀처럼 들키고 싶지 않았던
내 一方의 행간

짝사랑 2

심장 안에 허공 같은 비애 꾹꾹 눌러 담은, 그는
들꽃 같은 슬픔을 사랑하는 사람, 의태疑殆한 사람

한 번도 미워지지 않을 사랑, 그것 사랑일까
무슨 두려움으로 그는 먼 발치에만 서 있을까

어쩌다 힐끗 보내 준 눈빛 하나에도
온몸이 흔들리는 그는 심약한 사람

그는 그리움을 너무 가까이 두고
그는 슬픔을 너무 멀리 두지 않고
그는 심장 안에 그리움과 슬픔을 섞어두는 가여운 사람

저만 외쪽을 한없이 바라보고
하마 눈치챌까 봐 두려워하는 그는 小心한 사람

아플 때가 더 많은 그 사랑, 사랑인가?
아니, 사랑 아닌 적 있었나

심장 안에 박혀 철렁거리는 검은 돌, 별 헤아리듯 하며
아무도 모르게
저린 속마음을 서랍 깊숙이 저며두고 있었을 것이다
돌덩이 아프게 아프게 쌓여갔을 것이다

냄새와 향기

내가 여인의 향기를 미처 몰랐을 때
그 처음의 순이라는 아이는 아마도 하늘에서 가져다 쓴
사분 냄새가 났던 것 같았습니다

그 이후로 만난 한 숙녀는 샤넬이었던가요
매혹의 장미 향기, 시트러스나 파출리 향기?

왜 이런 향기들은
이별이 먼저 떠올랐는지 잘 몰랐습니다

아내의 젖은 머리칼 냄새는 왜 아직도 설렘으로 다가
오는지?
(처음의 순이가 지금의 순이라 그럴 겁니다)

아이를 먹이던 아내의 젖무덤에서는 맨날 고향 같은
냄새가 났지만
나는 아직도 니베아 크림을 듬뿍 바른 내 아이의 살
내음보다

더 천국 같은 냄새를 맡아 본 적이 없습니다
아이가 내 고향의 시작이었나 봅니다

나는 어릴 적
엄마보다 할매의 빈 젖을 만졌던 기억이 더 또렷한 것은
할매에게서 고향 냄새가 더 많이 났던 것일까요

아이들은 자라나며 봄 들녘의 여린 분꽃 냄새가 나고
늙은이들에게서 가을의 젖은 낙엽 냄새가 나는 것은
이제 서서히 죽음의 발효가 시작되었기 때문이 아닐런
지요?

웃비 걷다*

웃비 걷히면
양은 냄비 빛 한 줄기 햇살이
질펀한 땅 위에 내려
고인 물이 깨진 사금파리처럼 반짝이기도 하지요

우리가 깨져도 가끔 반짝일 때 있는 것처럼

볕 든 날에, 좋은 날에
지렁이 한 마리 왜 기어나와 몸을 태우는지
땅 밑은 이미 만수위인가 봅니다

어둠 속에서 자란 울음이
녹슨 구리철사처럼 몸이 말려, 말라가는 것을 보면
익사보다 일사로 죽는 편이 나은가 봐요

웃비 걷히면
바지랑대에는 빨래 대신 잠자리 몇 마리가 널리고
흙 비린내인지 비 비린내인지

고향 같은 냄새가

마당에 수북이 고였더랬습니다

*웃비 걷다: 쫙쫙 내리던 비가 그치고 잠시 날이 들다.

식구

그 안의 사람들,

두 사람에게서 복제되어 불어난 입들

같은 입으로 다른 수저가, 다른 입으로 같은 수저가 달그

락거리며

민생 물자 옮겨 가던 그곳에서

한 사람이 나간다

또, 한 사람이 나가려 한다

언젠가는

서로의 바깥이 되어야 할 안의 사람들, 여전히 식구인가

안의 사람들은 바깥으로 나간 사람들의

발걸음을 기다린다

온다는 사실이 필연이라면 기다리는 것은 덜 소중한 일

나간 사람들이 돌아오지 않아

기다릴 일 하나로 꽉 차 있던 그 안은 우리의 빈집이 된다

그 안의 空氣를 나누어 숨 쉬고, 이 빠진 사발공기로
나누어 먹었던 우리들

공기는 시렁 위에 놓인 채 그대로이고, 숟가락은 녹슬
어 가는데
하나씩 바깥이 되어 버린 식구들,
다, 안녕!

나의 손孫 재인과 재준

-2025년 어린이 날에

지금의 요것들이
내 앞에서 펼쳐지는 절경이요 절정이리라

재인이 까불고 재준이 떼쓴다
이것이 절경이 아니고 무엇이랴

나에게는 천연기념물, 내 씨앗의 열매들

내 가슴에 박힌 돌 빼어 가는 천혜의 기술자,
내 찌뿌린 얼굴을 파안시키는 소담스러운 만다라들
내가 요놈들에게 정박해 있구나

아직은 빈곳투성이의 천둥벌거숭이 요것들이
야무지게 채워지면 나는 허허롭게 비워지리
이 또한 나의 기쁨일지니

여태 내 옆에 머물고 있는 孫들
얼마 안 있어

내 정박의 홋줄을 풀고 세상으로 나아갈 터

내 앞의 절경이 내 늙음으로 서서히 닫힐 것이니
지금의 절정에서 나는 내려오리라

다만,
나는 그 아이들 눈에 어떤 전경으로 남게 될지
근심하노라

치사랑

꽃이파리 이울 때 잎사귀는 서러웠을까

잎사귀 흩날릴 때 가지는 몸서리쳤을까

가지가 바람에 떨고 있을 때

뿌리는 땅속에서 어둑하게 신음했을까

그것들이 아파하며 떠날 때

떠나는 것에 아파하며

나는 창문을 열고 치어다 봐 주었다

달과 옥이

저 월령 닷새의 초승은
까까머리 허연 버짐의 선머슴 시절, 내 마음에 두었던
옥이라는 아이의 눈썹과 닮아
초승만 되면
내 미간에 아련한 달 그림자가 끼곤 하였다

저 월령 이레의 반달은
내 목젖이 도드라지기 시작할 즈음
그 옥이의 젖가슴처럼 부풀어오르는 괘한 설움이
목울대에 서리곤 하였다

망뗼에 들어 보름이 오면
만삭이 된 옥이의 보름달 같은 배가
내 배창시를 뒤집어놓곤 하는 것이었다

피가 다른 사람에게

내 피가, 너로 인해 끓어오를 때
너는 차갑게 식어갔다. 나는 너무 추워 몸서리친다

피의 온도가 다른 사람이여
그래도 나는 너에게 섞이러 한다. 오랫동안 나의 온기가
되어 다오

피의 낙차가 다른 사람이여
네가 나의 심장으로 들어와 쿵쿵거릴 때, 나는 왜 너에게
그렇게나 기울었는지.

내 울대를 떠나간 소리는 너의 귀가 되고
너의 심장에 가 닿는가
그대여 나의 노래가 되어 다오

피의 온도와 낙차가 다른 사람이여, 우리는 같은 노래를
다르게 불렀구나
교회 종탑의 종소리가 우리의 화음이 될 때 우리는 같은

노래로 끝을 마치자

우리는 아직
어떤 화음으로도 노래가 되어 본 적이 없을 뿐
이제 울음을 웃음처럼, 슬픔을 기쁨처럼 노래 부르자

너는 나에게 기대고, 네 낙차는 나에게 기울어
피를 나누자, 온도를 나누자

詩를 보내며

가슴으로만 했던 말들이 있습니다
수만 번 되뇌었던 말,
차곡차곡 쌓여 더는 담기지 못하고 넘쳐나와
한숨으로 쉬어지는 말,
가끔은 정신 나간 듯 혼자 뱉은 말들도 있습니다

허공을 향해 내지른 말들이 있습니다
어디에도 도달하지 못하고
다시 심장으로 되돌아와 박히는
메아리 같은 말들이었습니다

그토록 많이 삭은 말로도, 심장이 마냥 저리어올 뿐
뭉그러지지 않은 것이 이상스러웠습니다

속 울음이 내 먹房 안에서 눈물져 내리고,
내 속을 환히 들여다보며 아프겠다 아프겠다
위로의 말을 귓속으로 들이어 주는 것이었습니다

떠나는 詩의 눈빛은

나에게는 참담하게도

다시는 돌아오지 않을 듯한 별리의 빛이었습니다

나는 우물처럼 움푹 패인 눈으로

몇 날을 보낼 것입니다

문병 1

1.

오래 앓은 작은형*의 목소리가 내장 안으로

끌려든 듯하다

내지르려고 해도 소리 되어 나오는 것은 허파가 꿈틀거

리는 소리

형 너무 많이 말하러 하지 마요. 나는 형 숨소리만 들어

도 충분해요

형 숨소리가 우리를 연결해 주고 있잖아요

내가 꼭 잡고 있을게요. 거미줄 같이 약한 당신 소리의

끈이라도

2.

오래 앓은 형이 갈퀴 같은 손을 내민다

전국의 노래를 두루두루 잡았던 손이다

살아생전에 이다지 곡진하게 만져지는 손 있을까

손과 손 사이에, 왜 아버지가 만져졌는지

나는 아버지께 빌었다. "아직 작은형의 손을 잡으면 안

돼요!"

그토록 완치를 갈구하던 나의 손바닥이 너무 더디게 모

아지지나 않았는지

형이 많이 아픈 것이 내 탓이라 여겨졌다

*작은형: 필자의 형으로 전국노래자랑 전 총괄감독.

문병 2

작은형!
자고 일어나면
내일보다 다음 생이 먼저 와 있을지도*
모르는 나날입니다

그날
진관을 향하는 전날 밤 아버지께 빌었습니다
"조그맣고 선하게 만드신 우리의 천재를,
당신의 왜소 거인을
아버지의 췌장 유전자를 가진 채 빨리 데려가지 말기를요"

진관에 와서
나는 작은형의 눈길을 피합니다
당신의 눈빛이 나를 무너뜨립니다

내 문학의 스승이자 지침이었던 당신
집안에 글쟁이 하나면 족하다고,
문학하지 말라는 당신의 당부를 오십 년이나 지켰습니다

우리 사형제가 이제 일흔을 넘자

누군가가

우리를 떠나겠지만 작은형이 아니기를 빌었습니다

오늘 당신의 갈퀴 같은 손에서

에디트 뼈아프의 샹송 음반 하나를 받았습니다

형의 유품이 아니길 가져오는 내내 쓰다듬었습니다

돌아와서도 정작 음반의 비닐조차

벗기지 못했습니다

프랑스를 전공한 당신의 뼈아프를 한 십 년 뒤에나

당신과 함께 들어야 하겠으니까요

부디 쾌차하시어

어눌하지만 발랄한 농담 자주자주 들려주시길

*내일보다 다음생이 먼저: 티베트의 속담 중에서.

기도 1

한 장帳의 손을 다른 한 장의 손에 모아
기도하려 합니다
마음 하나를 다른 한 마음에 올려 소망하려 합니다

잘 익은 단풍잎 하나가 소슬하게 떨어져내립니다
가지는 제 몸을 흔들어 아이 하나씩 지워냅니다

나무가 아는 것입니다
나뭇잎도 피정에 들 시간이라는 것을

나도 오늘은 누구를 지우기로 하였습니다
지우면서 내가 아픈 사람의 목록을 만들었습니다

한 장의 손에 한 장의 손을 다시 모읍니다
비록 내 속 다 밝히지는 못 할지라도 별빛 조금 끌어다
기도합니다
지우면서 내가 아프길……

'별이여 나의 기도가 되어 번뇌 하나씩 낙엽처럼 떨구게
하소서'

오늘 밤은 유성이 성호 긋듯 흩어지므로
내 기도가 어느 마음에 닿을지도 모르겠습니다

아, 그러다가
내 절절한 소망마저 다 지워져 버리면 어떡하나
모은 손을 슬며시 풀며 별빛을 끕니다

기도 2

나의 맥脈이 죽음의 강을 건너려 하네
한 겨를만 멈추어 다오
나는 그 겨를 사이에 내 죄를 씻으려 하네

조금의 말미를 다오
나는 그 말미의 겨를에 용서를 빌겠네
참회하며 기도에 매달리겠네

이제 나의 나무가 간판을 내릴 시간
푸른 혁명이 色을 다하여 땅의 안식처로 돌아갈
시간이 왔네

텅 빈 가지의 구도構圖를 오래 쳐다보는 것으로
또 하나의 구도求道가 이뤄지지 않겠는가

내가 텅 비어 기도하나니
내 마음 다듬고 장만하도록 약간의 짬 좀 내어 주시게
어차피 그대에게 가는 길이니

맺음말

기억이 점점 말라간다
채집하듯 기억을 추슬러본다
다 닳은 여과지에 걸린 것은 어쩐지 시쁘다

그 시쁜 것이,
걸리어 남지 말아야 할 것만 남아
속을 까리빈다

소망하나니
내 생명 끝나는 그 날에는
아무도 걸거치지 말라

나는
실로 쓸쓸히 죽고 싶다

해설

시를 쓴다는 것은 자신의 존재를 증명하는 것

이승하(시인, 중앙대 교수)

이상인 시인은 부산 태생으로 건축학을 전공해 어느 시인보다 열심히 문학의 밭을 일구고 있다. 제4시집의 발문을 쓴 김현호 전 《월간조선》 대표의 글에 의하면 "건축가로서 대기업 임원을 지내면서, 한편으로는 끊임없이 시의 영역을 천착해 나가며 자신의 시 세계를 건축해" 나갔다고 한다. 시인은 오랫동안 건축설계에 몰두해 오며 시심을 꾹꾹 눌러 담았다가, 뒤늦게 등단하여 매년 1권씩의 시집을 2021년부터 출간하는 열정을 보여주었고 이제 막 제5시집을 탈고 하였다.

이번에 내는 시집을 포함해 다섯 권의 시집에 모두 '바다'와 '이삭'이라는 낱말이 들어가 있는 것이 특이하다.

다음은 시집의 제일 앞머리에 있는 시로 시집의 제목이 된 시, 즉 표제시이다.

1.
나는 평온한 안식을 보았네
나에게는 바다가 나의 흙이었다네

아비의 흙으로 들어, 내가 떨구어져 누운 것에
아비가 늘 아리어했음을 나는 이제 안다네

아비의 몸을 빌려 태어나 바다의 이삭으로 구불다가
향내 들큼하고 보드라운 흙을 만나,
나 또한 한 숭어리의 이삭을 낳았다네

아비의 씨앗이 열려, 꽃이었다가 이삭으로 패었다가,
이삭으로 흩어졌다가
(아, 정녕 향기 한 번 제대로 뿜었던가)
그야말로 자투리로 되었다가……

그러나 나는 아비의 이삭이었기에
가지의 이삭으로 흐드러지게 매달렸을 봄날에는,
그 봄날에는
한 번쯤은 으쓱해지기도 하였었네

—「바다의 이삭이 흙으로 들다」 전반부

부산이 고향이니 어릴 때부터 바다를 수도 없이 보았을 것이다. 시인은 자신의 태생을 "아비의 몸을 빌려 태어나 바다의 이삭으로 구불다가" "나 또한 한 숭어리의 이삭을 낳았다네"라고 토로한다. 이 시에서는 바다와 땅이 별개의 것이 아니다. 바다가 땅이고 땅이 바다이다. 인간뿐만이 아니라 모든 생명체 탄생의 근원이 땅이 아니면 바다이다. 땅에서 태어나 바다에서 죽는 것이 있고 바다에서 태어나 땅에서 죽는 것이 있다. 물론 바다에서 태어나 바다에서 죽거나 땅에서 태어나 땅에서 죽는 것이 훨씬 많겠지만. 이 시에 나오는 이삭은 구약 창세기에 나오는 아브라함의 아들 이삭(Isaak)으로 간주할 수도 있고 곡식이나 과일, 나물 따위를 거둘 때 흘렸거나 빠뜨린 낟알이나 과일, 나물을 이르는 말로 생각할 수도 있다. 이삭은 벼, 보리 등의 곡식 줄기에서 열매가 맺힌 부분을 가리키기도 한다.

2.
이삭에겐 안식인 흙
나는 이제 바람에 불리어, 흙이 된 아비에게 들어가려 한다네

바다가 있는 이 행성에서 아비의 이삭으로 자라나
이삭이 이삭을 낳고, 이삭을 낳은 모태로 돌아가 남겨진 이삭의
거름이 될 뿐이네

아비의 이삭이 나의 이삭으로, 자식의 이삭으로
삶이 그렇게 잘 건너갈 수만 있다면

저 너른 바다와 뭍의 경계, 한 귀퉁이를 뒤란 삼아
바다의 흙으로 들어가고자 한다네

흙으로 수렴되어 가는 내 죽음의 형식도
그리 흉 질 것은 없을지니, 원래 내가 흙으로부터 왔느니……

　　　　　　　　　─「바다의 이삭이 흙으로 들다」 후반부

흡사 창세기의 몇 대목을 읽고 있는 느낌을 준다. 생명의 신비, 생명 유전의 신비, 만물 회귀의 신비가 느껴진다. 자전과 공전을 하면서 항성과 혹성이 거리를 유지하고, 이 땅의 생명체는 태양으로부터 에너지를 받아 살아간다. 어쨌든 해설자는 이 시 속의 이삭을 생명의 순환, 문물의 유전遺傳, 우주의 회귀 등으로 이해했다. 시인은 인간의 생로병사 혹은 생명의 순환 논리로 '이삭'을 이 시의 골자로 수용키로 한 것이다. 바다와 이삭의 5부작이 이 시로써 완성되었다. 이 시에서는 "나는 아비의 이삭이었기에" 하면서 부계 유전을 술회하는 한편, 다른 시인들처럼 어머니의 자궁 속 양수에서 헤엄치며 놀았던 266일을 다루기도 한다.

탯줄로 받은 것은 자양뿐이었을까, 어떤 이념은 없었을까?

266일의 순례와 미지의 결과

다만 그 과정은 누구에게나 소중한 것

울고 있었거나 웃고 있었거나 어미는 모를 뿐, 아비는 더욱

모를 뿐

시방 심장은 두터워지고 뼈는 자라나서

아이는 문을 두드릴 것이다

이윽고 문이 열리며, 266일의 뜨거운 양수가 쏟아지고

젖은 머리와 열 손가락, 열 발가락이 지상에 안착했다

266일 동안 어두운 밤바다에서 지낸,

세상의 모든 아가들아

지상에서 맑고 곱게 잘 자라거라

─「266일의 밤바다」 후반부

모체의 자궁 안에서 38주 가량 꼬물꼬물 움직이면서 영양분을 섭취하며 자라난 새 생명체가 지상에서 맑고 곱게 잘 자라기를 소망하고 있다. 이 시의 마지막 연은 시집 전체를, 아니, 시집 5권 전체를 관통하는 진선미 사상이 아닐까? 밝은 세상에 대한 염원은 또한 시인이 시를 쓰는 이유가 아닐

까? 생명체의 생명은 다 고귀한 것인데 이 세상에서 벌어지고 있는 온갖 사건은 생명을 유린하고 생명체를 학대하고 있어 시인은 종종 화를 낸다. 아니, 분노한다.

「나이테」 같은 시에서는 자연의 이치에 대해 말하고 있다. 범신론적인 인류애를 추구하고 있다고 할까? "버림받고도 내어주는 이타의 따스함"(「그루터기」)이나 "안착한 꽃잎에게 보내는 풀잎의 박수 소리"(「키 작은 들꽃의 낙화」), 혹은 "어떤 우주 한 덩이가/ 미궁의 흙으로 들어가 봄을 피우는 것"(「어떤 민들레」) 같은 구절을 보면 시인의 사상은 생명 예찬 혹은 자연 친화에 가까운 것이 아닌가 여겨진다.

나이테를 한자어로 목리木理라 한다
몽니로 읽히는 木理, 이 얼마나 세련된 이치인가
사람이 나이가 들면
켜켜이 쌓인 아집으로 몽니를 튼다

그루터기의 나이테를 보아라
처음의 간격은 좁았으나 나중의 그것은 얼마나 너그러운가
나이 잘 먹은 태態
나이 먹으면서 깊어지는 관용, 아름다운 질서
어디에서 몽니를 보겠느냐

—「나이테」 전반부

우리 인간은 나무의 나이테를 보고 느끼는 것이 있어야 한다고 말하고 있다. '나무의 내력인 나이테를 보고 깨닫는 것이 있어야 하거늘'이 이 시의 주제가 아닐까. 대체로 사람은 나이가 들면 노욕이나 노탐을 부린다. 옹고집을 피우기도 한다. 시인은 이것을 '몽니' 즉, 심술궂게 욕심부리는 성질로 간주한다. 우리도 나이테를 보고 "나이 잘 먹은 태", 즉 "깊어지는 관용, 아름다운 질서"를 보여줘야 하는데 대개 "켜켜이 쌓인 아집으로 몽니"를 튼다. 목리木理와 몽니라는 낱말의 음상音相 차이를 다루며 시를 끌어가는 기법은 아프리카 사바나의 누 떼를 다룬 시 「누」에서도 이어진다. "누는 안다", "누가 왔다/ 아프리카여 사바나여 누가 왔는지 보아라", "누가 누우- 하고 초원을 울었다"라는 구절은 음상을 아주 절묘하게 구사한 시다. '얼핏'과 '설핏'을 다룬 재미있는 시도 살펴본다.

내 오랜 인생도 곰곰이 생각해 보면
얼핏 왔다가 설핏 사라지는 것, 얼핏 살아지는 것 아니겠는가

설핏 스쳐 간 사랑으로 얼핏 태어나
미련 떨고 무척 오래 살아낸 것 아니겠는가

나는 가끔

설핏이 빠른지 얼핏이 빠른지 가늠해본다

얼핏은 오는 것, 설핏은 가는 것이라면
나의 오독일까
어느 아주 짧은 순간의 앞뒤가 아닐는지?

얼핏 왔다고 생각하며, 숨 좀 쉬는 찰나에
설핏 살아낸 것 아닐까

아,
이러다가 어느 틈에, 나는 설핏 갈 것 같기도 하다

—「얼핏과 설핏」 전문

　‘얼핏’은 잠깐 나타나는 모양이고 ‘설핏’은 밝은 빛이 약해진 모양이다. ‘얼핏’은 짧은 시간을, ‘설핏’은 빛의 옅은 농담濃淡을 뜻한다. 꽤 다른 뜻인데 우리는 비슷하게 이해하고 있다. 시인은 이 순우리말의 뜻을 아주 꼼꼼히 연구하고 있다. 개빠귀꽃과 개뼈다귀의 차이를 연구해 보기도 하고, 들이마시는 공기空氣와 사발공기를 이어서 쓰기도 한다. 시인 특유의 인생론과 인간론을 들어보도록 하자.

　너는 금줄 안의 요람에 들었고

나는 조등弔燈을 밝혀 차안此岸으로 나갈 것이다

한켠에서는 혼례와 장례가 밥상을 마주하고
젖은 웃음과 마른 눈물이 겸상을 한다

배냇저고리와 모시 적삼이 같은 바지랑대에서
서로의 옷깃을 여며주고 있다
벗고 온 것을 입혀주고, 벗고 갈 것이 입는다

　　　　　　—「인생이란 그것 참,」 전반부

사람처럼 산통으로 새끼 낳는다면
온 들판과 산에는 고통 소리 질펀하겠지
사람, 참 유별나기도 하지

사람처럼 조리한다면 온 들판과 산은 산후조리원 같은 움막에
군불 때며 삭정이 타닥거리는 소리 푸지겠지
한국 사람, 참 별나게도 하지

(중략)

사람, 참…… 약하게 태어나 독하게 살지

　　　　　　—「사람, 참……」 부분

154

우리들 중 지난날을 되돌아보면서 회한에 사로잡히지 않을 자 누구일까? 이 두 편의 시에는 인간의 늙고 병듦과 죽음에 대해 차분하게 때로는 해학적으로 서술하고 있다. 태어나면 죽는 것이 가장 보편적인 진리이며, 늙으면 몸이 약해지거나 병드는 것이 자연의 이치라는 것이다. 아무리 욕심을 부려본들 재물을 저승에 갖고 갈 수 없고, 아무리 명성을 쌓아본들 죽고 나면 사상누각이다. 그런데 한국인은 참 유별나다. 악착같고 독하다. 좋게 말하면 생존력이 강하다. 물론 그런 기질 덕분에 분단이 되었으면서도 경제력이 세계 10위 안에 들었겠지만.

자, 이제 시인의 가족사를 잠시 살펴볼까 한다. 4형제 중 시인은 셋째인 듯하다. 예전에는 맏이가 꽤 고달픈 자리였다.

아버지는 말씀하셨네
한 집안의 맏이는 한 번의 굴신으로 족하다는 것을
모든 굴욕은 아비가 굽힐 것이라는 것을

맏이는 굽히더라도 다른 동생들 몰래
굴신하라는 말씀을
이제야 알았네

엄지를 치켜세우면 엄지 뒤가 크게 접힌다는 것을,

맏이가 치켜세우기만 해도,
동생들이 안심한다는 것을……

아버지의 협곡이 맏이에게 이어져 흐르고 있었네

—「맏이」 후반부

　장자상속의 유습이 이제는 거의 사라졌지만 농경사회를 유지하고 있었을 때 맏이는 '집안'이라는 아주 큰 짐보따리를 지고 살아가야만 했다. 시인에게 맏이는 의지의 대상이었고 작은형이랑은 사이가 꽤나 좋았던 모양이다. 작은형은 KBS 전국노래자랑 전 총괄감독이었다고 한다.

자식 둘을 앞세우신 할매
얼마나 회한을 되뇌시며 사셨을까

저승에서도
정우야! 성우야! 부르시며
恨을 씹고 계시지나 않으실지

인아야!
너그 새이 훕이, 빙 낫도록 일심으로 빌거라

틀니 달싹거리는 소리

각주에 나와 있듯이 '인아'는 시인 본인이고 '흡이'는 시인의 작은형이다. 할머니는 너그 새이, 즉 네 형 흡이의 병이 낫도록 일심으로 빌라고 당부하지만 병이 기도한다고 낫지는 않는다. 어떻든 착한 동생은 "형이 많이 아픈 것이 내 탓이라 여겨졌"(「문병 1」)다. 병상의 작은형이 왜 에디트 삐아프의 샹송 음반을 준 것일까. 해설자는 아래의 시를 읽고 가슴을 후비는, '뼈아픈 감동'을 받았다. 시인의 아버지가 췌장암으로 돌아가신 모양인데 작은형이 설마? 그 형은 문학을 하다가 방송국 예능 제작자가 되었고 화자는 건축가가 되었다.

내 문학의 스승이자 지침이었던 당신
집안에 글쟁이 하나면 족하다고,
문학하지 말라는 당신의 당부를 오십 년이나 지켰습니다

우리 사형제가 이제 일흔을 넘자
누군가가
우리를 떠나겠지만 작은형이 아니기를 빌었습니다

오늘 당신의 갈퀴 같은 손에서
에디트 삐아프의 샹송 음반 하나를 받았습니다
형의 유품이 아니길 가져오는 내내 쓰다듬었습니다

돌아와서도 정작 음반의 비닐조차
벗기지 못했습니다

프랑스를 전공한 당신의 삐아프를 한 십 년 뒤에나
당신과 함께 들어야 하겠으니까요

부디 쾌차하시어
어눌하지만 발랄한 농담 자주자주 들려주시길……

—「문병 2」 후반부

　이 시를 시인의 인생 고백으로 읽었다. '내 문학의 스승이
자 지침'이었던 작은형이 집안에 글쟁이 하나면 족하다고
만류하여 미루어 왔던 시에 대해, 가슴 속에 오랫동안 내재
해 왔던 열망을 표출하며 등단하고 시집도 내자, 작은형은
대견스러워 하지 않았을까. 그 대견한 마음의 표현이 비닐
커버를 뜯지도 않은 에디트 삐아프의 음반이었던 것이다.
긴 우회로를 돌아 시인의 길을 걸어가면서 느낀 것을 시로
쓴 것이 있다. 자신을 거미와 대비시켰다.

이놈의 침묵은 나의 고요보다 무섭다
텅 빈 거미줄보다 더 가난하고 고독한 것 있을까
시인의 텅 빈 백지만큼
공허한 빈 거미줄, 이보다 더 가벼운 것 또 있을까

숨어서 봄을 기다릴 터이다.
어쭙잖은 시인이 봄만 되면 신춘문예 기웃거리듯이

시를 짓는 모지리 시인을 내려다보며
저놈도 고독한 공간에 숨어 적막을 짜고 있었을 것이다

저놈이 실을 짓는 것은 또 하나 살생의 업을 짓는 것
내가 시를 짓는 것, 또 다른 번뇌의 업으로 들어가는 것

지금쯤 시인과 거미는 삶의 어느 능선에 와 있을지……

—「시인과 거미」 후반부

거미는 거미줄을 쳐놓고 하염없이 기다린다. 시인은 거미의 끈질긴 기다림을 "고독한 공간에 숨어 적막을 짜고 있었을 것"으로 보았다. 시인이 눈앞에 둔 텅 빈 백지와 공허한 빈 거미줄을 동궤에 놓고 보다가 생각이 좀 바뀐다. "저놈이 실을 짓는 것은 또 하나 살생의 업을 짓는 것"이고 내가 시

159

를 짓는 것은 "또 다른 번뇌의 업으로 들어가는 것"이라고
한다. 게다가 "바야흐로 인공지능시대, 詩도 AI가 쓴다고 하
니 시인은 어디에 서 있어야 할지, 가뜩이나 읽히지 않는 고
료 박한 시인의 끝도 없이 저물고 기울어가는 비탈길 같은
사양 길, 피사의 사탑처럼 위태"(「사양산업」)로운데 시를 계
속 써야 할 것인지 고민도 많았을 것이다. 하지만 이상인 시
인의 펜 끝은 아주 날카롭다. 그래서 시를 쓰는 것이 아니랴.

올챙이 적 울어본 적 없는 울음을
어른이 된 개구리들이 일제히 울어 댄다
"시끄럽다 이놈들아, 한 놈씩 울거라"

광화문에 蛙글蛙글
일당 받고 모인 개종들
언제까지 들어줘야 하나 저 볼멘소리를

적요한 밤에 더 시끄럽다
시골 정취 좋아하시네

저놈들의 후배위처럼 뒤를 꽉 껴안고
시원하게 한번 박아줘야 울음 멈추려나
와와蛙蛙!
밤하늘 아래

차마 음란스러워 못 듣겠다

―「와蛙」 전문

'蛙'라는 한자는 개구리라는 뜻과 음란하다는 뜻을 갖고 있다. 시인은 광화문에 일당을 받고 나가서 와와 함성을 지르는 일단의 무리를 강하게 꾸짖는다. 누군가의 음란한 저의에 놀아나는 우중愚衆을 비판한 시는 이것 외에도 「얼룩말 1」 「얼룩말 2」 「호박이 넝쿨째」 같은 시가 있다. 해설자는 시인의 고뇌를 아래 예시한 작품에서 십분 느꼈다.

바람에 실려 온 따뜻한 온기들, 모래의 기척들
운 좋으면 사막의 쥐를 만난다

이들에겐 자비란 없다
독하게 먹은 마음의 은밀한 사냥

사막에는 어떠한 비명 소리 없고, 모래 몇 줌이 꿈틀거릴 뿐이다

이미 사막화가 되어버린 독거 시인의 방
시인도 방구석에 틀어박혀 시간을 으깨고 있으면
詩語 몇 꿈틀거려 줄까
고독하게 詩말을 입힌 독한 시 하나 걸려들라나?

—「사막의 사갈蛇蝎」 후반부

　사막의 뱀과 전갈은 여유롭게 살아가는 것이 아니라 아슬아슬하게 생존해 가는 것이다. 시인의 운명도 그런 게 아니겠는가. 영혼을 태워가면서 써본들 디지털 시대의 현대인은 스마트폰이나 들여다보고 있다. 노시인의 말이라고 넋두리라고 생각하는 게 아닌지 때때로 씁쓸한 기분이 들기도 할 것이다. 그래서인지 석양을 바라볼 때의 기분을 다음과 같이 쓸쓸하게 노래한 적도 있었다.

　　오늘도 나는
　　마르게 오고 있는
　　오늘 하루치의 아름다운 부음을
　　가능한 한
　　오랫동안 바라보는 것밖에는……

—「석양」 전문

　"오늘 하루치의 아름다운 부음"이라니 하루를 살면 하루가 죽는다는 얘기가 아닐까. 부음을 전할 날이 다가오고 있다는 얘기가 아닐까. 누구도 부인할 수 없는 진리인데, 시인이기에 직접 말할 수 있는 것이다. 시집의 제일 마지막에 쓴 시가 해설자의 가슴을 아프게 찌른다.

　　기억이 점점 말라간다
　　채집하듯 기억을 추슬러본다
　　다 닳은 여과지에 걸린 것은 어쩐지 시쁘다

　　그 시쁜 것이,
　　걸리어 남지 말아야 할 것만 남아
　　속을 까리빈다

　　소망하나니
　　내 생명 끝나는 그 날에는
　　아무도 걸거치지 말라

　　나는
　　실로 쓸쓸히 죽고 싶다

—「맺음말」 전문

　시쁘다는 마음에 차지 않는다는 뜻인데 자신의 지난 생이, 시들이, 마음에 차지 않는다는 뜻일까? 시 쓰기가 '많이' 괴롭겠지만 '마냥' 괴롭지는 않을 것이다. 늙은 산이 더 푸르다 하였던가. 이상인 시인이 이 땅의 꼿꼿한 노시인으로서

163

'만년晩年의 시'의 높은 경지를 보여주실 것을 믿는다. 『바다에서 이삭을 주』워 그 『바다에서 주운 이삭으로 한 끼를 해 먹었』으나 허기진 시심을 억누를 수 없어 『바다에서 주운 이삭을 심』고 미처 거두지 못해 떨구어진 이삭과 더불어 『바다의 이삭이 낙화처럼 눕다』와 동숙하며 쓴 『바다의 이삭이 흙으로 들다』를 끝으로 시인은 바다와 이삭을 가슴 한켠에 묻어 두기로 했다. 하지만 "나는/ 실로 쓸쓸히 죽고 싶다" 같은 말은 거두고 더욱 힘찬 시, 희망적인 시, 저항적인 시를 써주실 것을 당부한다. 지난 5년 동안 매년 한 권씩 시집을 낸 저력으로 더욱 성실히 시의 밭을 일궈나가기 바란다.

 "우리는 아직/ 어떤 화음으로도 노래가 되어 본 적이 없을 뿐/ 이제 울음을 웃음처럼, 슬픔을 기쁨처럼 노래 부르자"(「피가 다른 사람에게」)라고 했으니 詩作에 더욱더 매진해야 할 것이다. 부산이 낳은 바다와 이삭의 시인으로서 또 다른 장르의 시를 쓸 거라고 믿는다. 바로 이런 시를.

冬至를 경작하러 나간 사내
바다에 어떤 흔적도 남기지 않은 채,
고등어 두어 마리와
세한의 칼 같은 바람 품고 돌아왔네

　　　　　　　—「冬至의 고등어」 제2연

푸른 등 보이며 돌아누운

절벽이여

풍조風鳥처럼 날아올라 거기 기댄

절애의 난간이여

　　　　　—「애월」 제1연

바다의 맥脈이다 진혼곡이다

가락이 가락 위에 얹히고 곡曲을 쏟아내는

연속의 울컥거림

한恨의 맥을 보내는 것이다

　　　　　—「파도」 제1연

　이런 시는 이상인 시인밖에 쓸 수 없을 거라고 생각한다. 지금까지 쓴 시보다 앞으로 쓸 시가 더 많다고 생각하고 일신우일신, 시작에 몰두하기 바란다. "심장만 잘 붙들고 있으면/ 언젠가 한 번쯤은 환해질 수 있으리"(「세월이 더러워졌거늘」)라고 시인 스스로 말하지 않았는가. 해설자는 이 말을, 시를 씀으로써 자신의 존재를 증명할 수 있다는 뜻으로 이해했다.

그리고 독일의 철학자 마르틴 하이데거가 『존재와 시간』

에서 "언어는 존재의 집이다(Die Sprache ist das Haus des Seins)"라는 말을 한 것을 상기할 필요가 있다. 시의 문장은 언어가 우리의 존재와 사고방식을 형성하는 중요한 역할을 한다는 의미로서 언어가 단순히 의사소통의 도구가 아니라 우리가 세계를 이해하고 경험하는 방식을 결정짓는 근본적인 기초임을 강조한 명제이다. 왜 하필 건축가였던 이상인 그가 시를 쓰려고 마음먹었는지 이 철학적 명제가 어느 정도 해결해주고 있다. 그리스 문명의 건축물들을 보라. 견고한 건축물은 백년이 가도 천년이 가도 그 자리에 남아 있다. 이상인 시인은 시를 쓰면서 한 편 한 편이 하나의 독창적인 건축물이라 생각했을 것이다. 제6시집의 제목이 벌써 궁금해진다.

작가의 말

　가슴으로만 했던 말들이 있다. 수만 번 되뇌었던 말들이었다. 차곡차곡 쌓여 더는 담기지 못하고 한숨으로만 쉬어지던, 가끔은 정신 나간 듯 혼자 내뱉은 말들도 있다. 분명 허공을 향해 내질렀던 말들이었다. 심장을 향해 되돌아오는 메아리 같은 말들… '당분간 쉬어 쓰자, 마음에만 써 놓자' 작정하고 나서도 기어이 『바다에서 주운 이삭을 심다』를 마친 이후의 일이었다.

　심장이 그토록 많이 삭은 말로도 뭉그러지지 않은 것이 이상스러웠다. 속 울음이 내 먹房 안에서 눈물져 내리고 내가 내 속을 들여다보며 '아프겠다, 아프겠다' 위로의 말을 귓속으로 들려줄 뿐이었다. 『바다의 이삭이 흙으로 들다』를 끝으로 '바다와 이삭'의 시제에 대한 절필絕筆을 결심한 이후의 일이었다.

2025년 가을 이상인

바다의 이삭이 흙으로 들다

초판인쇄 2025년 9월 30일
초판발행 2025년 9월 30일
지은이 이상인
펴낸이 이해경
펴낸곳 (주)문화앤피플뉴스
등록번호 제2024-000036호
주소 서울 중구 충무로2길 16, 4층 403호 (충무로4가, 동영빌딩)
대표전화 02)3295-3335
팩스 02)3295-3336
이메일 cnpnews@naver.com
홈페이지 cnpnews.co.kr

정가 15,000원
ISBN 979-11-94950-09-7(03810)